FLUEN

OG ANDRE

STRØTANKER

AF

BIRTHE WILKE

Fluen og andre strøtanker

© 2007 Birthe Wilke

Tegning: Helle Hanley
Omslag og layout: Bjarne Ditlevsen
Foto: Rigmor Mydtskov og Jørgen Kølle
Forlag: Books on Demand GmbH, København, Danmark
Tryk: Books on Demand GmbH, Norderstedt, Tyskland

ISBN: 978-87-7691-138-6

FORORD

For nogle år siden da jeg gik daglige ture i skoven med min afdøde hund Sheeba, oplevede jeg ofte en masse skønne tanker fylde mit hoved. Jeg følte mig meget tæt på naturen og omgivelserne. For ikke at glemme det igen, skrev jeg det hele ned på papir straks, når jeg kom hjem.

Sheeba døde og jeg sørgede meget. Jeg havde ikke lyst til at gå ture i skoven mere, som jeg plejede sammen med hende, og der kom heller ikke flere af de smukke tanker, som plejede at fylde mit hoved.

I nogle år har alle disse "strøtanker" hvilet i en mappe. Jeg er flere gange blevet opfordret til at støve mappen af, åbne den og lade andre få indblik i min "lille naivistiske verden". Og det er hermed nu gjort!

Store øjne har du lille flue!
Du kigger på mig.
og om et øjeblik sidder du på min arm.
Jeg ved det!
Og du ved det!
For du vil snakke med mig,
og jeg har ikke tid!
Så bliver jeg vred på dig,
og så bliver du meget ked af det,
og du prøver atter og atter
at få lov blot at være i nærheden af mig.
Helst vil du sidde på min arm!
Til sidst irriterer du mig – og så –
KLASK!!! Du tvang mig!
TILGIV!!!

Min Engblomme!
Alle dine små gule blomster
kigger op på mig.
De ligner små sole,
som siger:
"Er jeg ikke smuk?
Se på mig
og du bli'r glad!"
Jo, jeg bli'r glad,
for DET ER små sole,
der lyser med deres varme gule farve.
Mit hjerte jubler af glæde!

Et hul er INGENTING.
Og dog!
Et hul er et hul!
BASTA!

FORGLEMMIGEJ! Forglem mig ej!
Selvfølgelig glemmer jeg dig ikke!
Du er så sart i din lyseblå farve.
Du er så jomfruelig og fin.
Og når jeg ser på dig
efter en lang mørk vinter,
renser du min sjæl.
Jeg bli'r glad.

Du lille kat – min egen skat!
Du giver mig ro, når jeg ser på dig.
Dine engleblide misseøjne –
må man dog aldrig tage fejl af.
Thi ét nu – og du er et rovdyr!
Men så længe du er i min sofa,
så spinder du eller sover –
og hvor jeg elsker dig!
Pludselig vil du støde næse
eller ligge ved min skulder.
Men altid på dine præmisser!
For som én har sagt:
”JEG ER S’GU MIN EGEN”!

En hveps sværmer om mit hoved.
Hej! – du tager fejl, lille flyver!
Jeg er absolut ikke en blomst!
Væk med dig!
Men nu synes du, jeg er spændende.
Du vil sidde på mig overalt.
Men jeg kender dit mordvåben!
Du har en brod.
Jeg må stå stille. Rolig! Ingen fare!
Jeg gør dig ikke noget – forstået?
Jo! Du forstår!
Din interesse for mig er væk og pist!
Videre! Jeg var ingen fjende!
Men du er utilregnelig, lille hveps!
Lidt vindforstørret – synes jeg.

Du smukke rose, hvor jeg dog frydes
over at se på dig.
Din duft fylder luften
som ingen parfume kan sammenligne sig med.
Fra knop – når du springer ud –
når du visner – altid er du smuk!
Den perfekte skønhed med den perfekte duft!

Her står jeg på stranden.
Bølgerne kommer imod mig.
IGEN OG IGEN!
Og alligevel kommer de ikke.
HVOR BLI'R DE AF?

De lange mørke vinteraftener
giver tanker.
Hvem er jeg?
Hvad vil jeg med mit liv?
Mine tanker spærrer for Nu'et.
Det nu som er min eneste virkelighed.
Og dog!

En enlig fugl kvidrer
i den snedækkede skov.
Måske synger den fordi solen skinner,
og den fornemmer nye tider.
Nætterne bliver kortere
og lyset begynder så småt
at vokse.
Dag for dag får det mere magt
for endelig at vække
den slumrende skov.
Vække den efter en lang dvale.
Fuglene vil vende tilbage og
livet starter påny.
Men endnu er du alene lille fugl
og jeg nyder at lytte til dig.

Himlen er blå.
Himlen kan være hvid.
Himlen kan være grå.
Himlen kan være sort.
Hvem er HIMLEN?

AV! hvor du stikker! Pindsvin!

Man siger du bærer rundt på 2-3.000 pigge,

og når du ruller dig sammen som en bold,

kan ingen fjende røre dig.

Du er klog og heldig!

Du forstår, at man må forsvare sig

i denne verden!

Men! – jeg kender alligevel en fjende,

som ikke er bange for dine pigge.

Menneskets bil!

Kunne jeg blot lære dig,

at vejene er forbudte at færdes på.

De tilhører nemlig menneskene!

Himlen har åbnet sine sluser,
og vandet "fosser" ned på jorden.
Tænk, hvis det var omvendt!

Du store univers
med alle dine blinkende stjerner.
Dette er, hvad du viser MIG.
Du er en verden,
som jeg må leve i stor uvidenhed om.
Thi min hjerne ville sprænges,
hvis jeg kendte din sandhed.
Tror jeg nok!

Alle regnbuens farver har du
lille dråbe,
nu da solen skinner på dig.
Du hænger så stille og smukt,
men på et tidspunkt falder du ned,
og så bli'r du ét
med alle de andre dråber,
der også faldt ned.

Lille nattergal, hvor gør du mig glad.
Dine klokkerene triller heler min sjæl og min krop.
Om natten ligger jeg vågen og lytter til dig.
Jeg føler, at du synger for mig alene.
Jeg føler, du ved, du gør mig lykkelig.
Må ingen nogensinde gøre dig ondt!

Du hylende storm!

Jeg kan ikke se dig, men du gør mig vindforstørret!

Du får hårene til at rejse sig.

og din monotone susen gør mig træt.

I går var jeg bange – thi da gik du for vidt!

Tagsten i luften – og væltede biler – UHA! UHA!

Men du giver mig luft i lungerne,

og det elsker jeg.

Du renser min sjæl og min krop.

Svigt mig aldrig – men hold dine grænser – TAK!

Hvad er nu'et?
Jo, om et øjeblik er det fortid!

I midten af et kunstværk
sidder du lille EDDERKOP!
Du sidder stille og venter,
imens solen farver dit spind
i alle regnbuens farver.
Dit store farlige kunstværk!
Din verden!
Jeg ved, hvad nettet betyder for dig,
derfor rører jeg det ikke,
skønt jeg ved, du hurtigt kan reparere det igen.
TÅLMODIGHED!
Og nu - et ryk!
Fik du gæster?
VELBEKOMME!

I skoven knaser den hvide sne under mine fødder.
Ellers er alt stille
som om et tæppe er lagt
over det hele.
Ingen vind rører sig,
kun min ånde,
som med korte mellemrum
sender en hvid sky fra min mund.
Mit hjerte banker og det føles
som om jeg kan høre hvert slag.
Vinden er gået i stå -
En kort pause! – Befriende!

Jeg ler – så det gør ondt i maven.
Det skulle ellers gøre godt!
Mine øjne bli'r våde,
som om jeg græder!
Men IH! – hvor er det dejligt.

Lille bi – hvor har du travlt!
Nu sidder jeg i ro og mag og nyder solen,
og så flintrer du rundt fra blomst til blomst.
Nogle gange ser jeg dine vinger være så tunge
og så fyldt med pollen,
at du har lidt svært ved at flyve.
Du har lidt svært ved at lande rigtigt.
Men du giver ikke op, for du har travlt!
Der skal arbejdes, for din dronning venter på dig.
Dit arbejde er værdifuldt,
og du bliver aldrig arbejdsløs!
Lad os be' for det!

Jeg trækker VEJRET!

Hvilket vejr?

Solskin – regn – sne – storm?

Nå! – Lad mig bare trække dem alle sammen!

Lille fugl – ingen synger så smukt som du.

Ingen musik kan være så smuk som dine klare triller.

Som små sølvklokker der bimler i luften.

Du synger fra din lille skov, som er din bolig.

Jeg elsker dig!

En gul sol med hvide stråler
hvad er dit navn? –
Margurite! Ja!
Så strunk du står,
og dog forstår du at bøje dig for vinden.
Med en blå baggrund på kvisten,
er du helt uimodståelig.
Mit øje har svært ved at forlade dig.

Man sku' være en snegl.
Så havde man ikke så travlt,
og så blev man aldrig hjemløs!
Sådan tænker jeg, når jeg ser på dig.
Stille og roligt smyger du dig af sted.
Dit hus bærer du smukt på ryggen,
og er der noget, du ikke synes om –
så fluks! – ind i dit hus!
Bare det var mig!

Luft er mange ting.
God luft! – dårlig luft!
God er luften, når den kan nå
bunden af mine lunger ved indånding
for derefter at forlade dem med et "AH"!
Dårlig er luften, når jeg modstræbende
ånder ind - for derefter at hoste luften ud!

Kulde og sne
hører vinteren til.
Alt vejr er skønt,
hvis man er klædt på dertil.
Så ud i det!!!

Min palet er fyldt med farverne:
Gul, orange, brun, violet, rød og sort.
Er de nu alle med?
Jo! Det skal nok blive et smukt efterår.

Rose – rose – jeg er forelsket i dig.
Forelsket i din skønhed og duft.
Hvert øjeblik af dit korte liv
fortryller du mig,
og jeg takker dig.
Takker dig – når du smider dit sidste blad –
for al den glæde og skønhed
du kunne tilføje mit liv.

Lille svale!
Så fornem du er i kjole og hvidt.
Kvittevit! Kvittevit!
Flyver du om mit hoved lidt lavt,
så bliver det regn i morgen!
Og flyver du højt –
Ja, så bliver det godt vejr.
Nogen har fortalt mig det!

Musik er levende.
Musik kan få mig til at blive glad.
Musik kan få mig til at græde.
Musik kan få mig til at glædes over
at jeg lever.
Amen!

Nu skal jeg plukke jordbær.
Og så skal jeg fløjte,
for ellers bliver jeg aldrig færdig!

Se på mig! Jeg er en sommerfugl,
som flyver fra blomst til blomst.
Alle vil de fortælle mig en historie,
men den forbliver min hemmelighed.
Dog hænder det, at jeg har en besked med
til den næste blomst jeg besøger.
Ellers har jeg tavshedspligt. Det vil sige:
Hvis jeg fortæller noget til andre, som jeg ikke må –
ja! – så kan jeg ikke besøge blomsterne igen.
Så lukker de sig, når jeg kommer flyvende, og siger:
"Videre – videre med dig, her må du ikke komme!"
Derfor er jeg altid meget forsigtig
med ikke at røbe hemmeligheder.

Når det er sol, mangler jeg regn!
Når det er regn, mangler jeg sol!
Jeg er vist lidt svær at gøre tilpas!!!

Sorgen rammer mig!
Den skærer mit hjerte itu.
Mine øjnes tårer vander mine kinder,
så de bliver røde og opsvulmede.
Hvor er jeg? – Hvem er jeg?
Det gør ondt dybt, dybt inde,
hvor jeg til daglig aldrig kommer.
Jeg er alene med min smerte!
Hjælp!

Spøgelser, lynende diamanter, iskrystaller.
Alle regnbuens farver! Smukke mønstre!
Alt dette rummer dit hemmelighedsfulde
og farlige net, lille edderkop, som du spinder og
reparerer på døgnet rundt.
Dette er DIN overlevelse!

Små noder i luften.
Hvilken melodi er det?
Pist! Nu fløj de alle!
Og tilbage er nogle bare ledninger!
Det så ellers kønt ud.
Men – små STÆRE!
Jeg kender jeres melodi!

Så stille og smukt du daler fra himlen.
Luften bliver prikket af alle dine fnug.
Jorden bliver hvid og lyset bliver stærkt.
Du dæmper lyden omkring mig,
og sænker en vidunderlig ro overalt.
Det er tid at hvile!
Det er vinter!

TIK TAK – TIK TAK
og tiden gak!
Og den gik stærkt!
Et lille kort nu –
Det var så det liv!
AK! Og TAK!

Under mine fødder knaser sneen
og tusinder af krystaller glimter
om kap i alt det hvide.
Ingen diamanter kunne stråle prægtigere.
Solen skinner fra den frostklare
blå himmel.
Og koldt er det!
En stille kappe af is smyger sig om mig.
Det er en rigtig vinter.

Vand løber!
Hvorfor løber det?
Sjældent står det stille
og bliver et spejl.
Når det er et spejl,
ser jeg alt to gange.
Een gang oppe og een gang nede.
Og kaster jeg en lille sten,
kommer der en masse ringe.
Vand – du er altså mærkelig!

Vupti! Lille egern – så stærkt du løber,
og nu – vupti! op i træet og væk er du.
Så kær du ser ud, når du sidder
der med din store buskede hale,
og dine små hænder holder om den nød,
du er i færd med at spise.
Mit hjerte smelter ved at se på dig.
Men! – jeg ved dog også, at du er en
rigtig hidsigprop!
Du hvæser arrigt, når du er vred
eller måske bange?
Jeg har et godt råd til dig, lille ven!
Bliv i din skov!
For bilerne kører stærkere
end du kan løbe!

Det er vinter
og så mørkt derude – og dog!
En frostklar nat – og blikket rettet opad:
Et helt univers at skue!
Stjernerne blinker om kap
som for at fortælle:
"Velkommen – du er med i familien!"
Et stjerneskud bekræfter det.
Betagende – og jeg må overgive mig.
Overgive mig – for jeg er jo et fnug.
Et fnug i dette store univers.
Men jeg føler en stolthed over at tilhøre det.

Små triller – som små sølvklokker -
sender du ud over skoven
og hen til mit øre.
Det opløfter mig at lytte til dig.
Din pragtstemme opfylder hele himlen,
så jeg må lytte og glemme alt andet.
Du fortryller mig lille skønne fugl.
Hvad er dit navn?
Jeg kalder dig min sølvklokkefugl!

Lille påskelilje – så gul du er.
Din farve fryder mit øje.
Jeg læges ved din skønhed.
Efter en lang mørk vinter
er du tegn på lys.
Du gi'r mig min frihed tilbage.
Jeg er ikke længere spærret inde
i stuer og varmt tøj.
Jeg skal nu atter til at leve!
Jeg vågner på ny!

GUD – hvorfor må jeg aldrig se dig.
Selvfølgelig kan jeg heller ikke se vinden,
og jeg kan ikke se,
hvorfor alting falder ned og ikke op!
Men alligevel – hvis du er så klog!
Og dog – du er nu nok klogere end os!
DERFOR!!

1–2–3–4–5–6–7–8–9–10–11–12.
Altid fortæller du det samme.
Om og om igen!
Men kunne du ikke holde en pause?
Bare en lille en?
Sådan! – snyde tiden lidt?
Men ak! – Du ER afhængig!
For tiden den går,
og klokken den slår!

Man løber og løber
for at nå det hele.
Tjene mange penge
så man kan købe alt.
Man tror man er rig
men ak!
Alt er eet stort lån!
For intet følger med
når man skal dø.
Alt skal afleveres igen!
Det var altså
eet stort lån!!
Og det har man hastet efter! AK! og VE!